ARQUEOLOGIA DO EU

Silvia Lazzaretti

Copyright © 2024 by Editora Letramento
Copyright © 2024 by Silvia Lazzaretti

Diretor Editorial Gustavo Abreu
Diretor Administrativo Júnior Gaudereto
Diretor Financeiro Cláudio Macedo
Logística Lucas Abreu
Comunicação e Marketing Carol Pires
Assistente Editorial Matteos Moreno e Maria Eduarda Paixão
Designer Editorial Gustavo Zeferino e Luís Otávio Ferreira
Capa Sergio Ricardo
Revisão Ana Isabel Vaz
Diagramação Isabela Brandão

Todos os direitos reservados. Não é permitida a reprodução desta obra sem aprovação do Grupo Editorial Letramento.

Dados Internacionais de Catalogação na Publicação (CIP)
Bibliotecária Juliana da Silva Mauro – CRB6/3684

L432a   Lazzaretti, Silvia
          Arqueologia do Eu / Silvia Lazzaretti. - Belo Horizonte : Letramento, 2024.
          68 p. ; 21 cm. - (Temporada)
          ISBN 978-65-5932-497-2
          1. Vida íntima. 2. Feminismo. 3. Contos. 4. Psiquê.
          5. Psicologia. I. Título. II. Série.

                                      CDU: 82-36(81)
                                      CDD: 869.93

Índices para catálogo sistemático:
1. Literatura brasileira 82-3(81)
2. Literatura brasileira 869.93

LETRAMENTO EDITORA E LIVRARIA
CAIXA POSTAL 3242   /   CEP 30.130-972
av. Antônio Abrahão Caram   /   n. 430
sl. 301   /   b. São José   /   BH-MG
CEP: 30275-000   /   TEL. 31 3327-5771

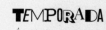

É o selo de novos autores
Grupo Editorial Letramento

5	CONTOS D'ÁGUA
7	**A CHORONA**
11	**A VOZ DA VELHA**
13	**FRANCISCA**
15	**FIM**
19	**TETO**
23	MARINA
41	CONTOS DO CORPO
43	**A NOITE QUE ENGANEI A MORTE**
45	**ELA**
49	**JANELAS**
53	**O GRANDE ROUBO**
57	**DESPEDAÇO**
63	**PERDÃO AO SENHOR DEUS**
65	**DESPEDIDA**

CONTOS D'ÁGUA

A CHORONA

Todas as crianças nascem como um trovão, saem dos ventres de suas mães em um rompante de cores e lágrimas. Beatriz, por sua vez, chorou até ficar roxa.

– Algo comum entre as crianças recém-nascidas, mamãe! – Disse o médico após o parto.

Clarice embalou a filha, aguando o berço inteiro com canções, um amor que recebera de sua mãe.

Enquanto Beatriz crescia, a mãe se orgulhava pelas conquistas da pequena. Cada passo dado, cada dente nascido, cada palavra eram motivos de abraços e beijos. A casa em que moravam era grande e as atividades domésticas intensas. Ao estender as roupas recém-lavadas, Beatriz era levada no cesto, montava um prendedor no outro, costurando linhas de madeira. Mesmo que Beatriz não entendesse, a inocente brincadeira a ligava à sua vó, que costurava o que estivesse rasgado.

Mesmo com a proximidade da mãe, Beatriz tinha rompantes de choro desesperado até alagar o rosto. Houve um dia em que, enquanto a mãe fazia o almoço, Beatriz chorava agarrada às pernas dela. Ela conversava com a filha, calmamente, mesmo no meio do serviço da casa.

– Buá, buá, buá… – alagava o rosto.

– Foi lá na casa da nona, comer polenta e leite, leite, leite… – cantava a mãe de Beatriz, quando não sabia o que fazer com os prantos da filha, e assim a menina se acalmava aos poucos.

Neste tempo, as crianças brincavam nas ruas, Beatriz jogava bola com os vizinhos e de repente, percebia um relâmpago na garganta.

Corria aos braços da mãe, que procurava o machucado inexistente.

– Por que está chorando?

– Não sei, estou feliz!

– É por isso que chora: és cachoeira, minha pequena! – Dizia a mãe, secando as lágrimas da filha.

A garganta relampejava e no céu de si chegavam nuvens, que traziam chuva aos olhos. O corpo inteiro era em cachoeira.

Chorava, chorava, chorava.

Infelizmente, nem todos olham para as águas e os olhos secam.

Os estranhos diziam: "Se fosse minha filha, já tinha apanhado pra ter motivo de chorar!", "você é insuportável, menininha! Não aguento mais ouvir teu lamento!", "engole esse choro!" e outras palavras que rachavam a terra.

Ao mesmo tempo que ouvia a secura dos adultos, perguntava à mãe:

– Como eu posso engolir o choro? Por que as pessoas não querem o choro? Por que elas querem me bater?

– Você é cachoeira, minha filha. Eles são terra seca! – Dizia a mãe para a filha.

Houve um dia, então, que não foram violentas somente as palavras. Um homem, habitante de terra seca, ao perceber suas lágrimas, sacudiu seu pequeno corpo acompanhado com gritos.

– Para de chorar! Eu não te aguento mais! Tu és insuportável! Engole esse choro! Grunhia ele.

Beatriz arregalou os olhos e parou de chorar.

A partir deste dia, Beatriz represou sua cachoeira. Por semanas a garganta doeu e enfim Beatriz aprendeu a "engolir sapos". Afinal, talvez suas tormentas tenham inundado alguma aldeia vizinha e a secura tomou conta de mais um corpo.

O dia seguinte foi quente, seco e o sol queimava a pele de quem ousava sair de casa. Os olhos ardiam e Beatriz andava de um lado para o outro com a cabeça baixa, engolindo oceanos inteiros em silêncio. O rádio mandava chuva para os próximos dias.

A noite chegou igualmente quente e nada da chuva. E assim, passaram-se meses, sem uma lágrima cair do céu, sem chover em Beatriz.

As plantações secaram, os animais morriam de sede e os rios tornaram-se pedras.

Os últimos copos de água que sobraram foram usados para benzer as terras. Arruda, guiné, alecrim, benjoim combinaram tambores, cantos e danças.

O céu parecia vazio.

As autoridades não acreditavam no choro de Deus e pesquisadores, meteorologistas, geógrafos e biólogos concentraram suas forças em concluírem sobre nada.

Curandeiros vieram de longe e os seus fortes tambores fizeram a terra seca tremer. Nem por isso, os olhos divinos trouxeram águas.

Todos da pequena cidade sentiram os reflexos da seca: os olhos doíam, a boca ficava sem saliva rapidamente e abrir a torneira era algo inútil, não saia nada dali. A situação era grave e Beatriz queria ajudar os adultos a resolvê-la. Então, uma coisa esquisita, que já havia sentido em outro momento de sua vida, ocupou o peito da garota.

Ela correu para o quarto, que era seu abrigo seguro e em um rompante, soluçou. Ao colocar as mãos no rosto, sentiu a água que há meses não sentia.

Ouviu um barulho estranho janela a fora, caminhou até lá e viu o que também não via há muitos meses: pingos d'água caindo do céu! Deus também chorava, talvez de felicidade ou alívio. A chuva era grossa e caía com força.

Beatriz chovia e ventava, e lá fora as nuvens choravam e o vento soluçava.

O povo saiu às ruas como em águas de março carnavalescas. Festejaram as águas de Beatriz que voltavam. Mesmo que não vissem suas lágrimas, ela sabia que as comemorações eram pelo retorno das cachoeiras de seu corpo. A garota aprendeu que suas lágrimas moviam nuvens e nunca mais represou a própria cachoeira.

Beatriz não secou as lágrimas, deixou-as cair em seu rosto, que bebia emoções. Assim é, assim foi.

A VOZ DA VELHA

Represas não param as águas dos meus olhos. Ninguém para as águas. Permaneço nua no inverno em frente ao espelho e não me reconheço. Meus ossos tremem e não é o orgasmo, a carne que toca o ar frio é a única permanência de vida. As águas não param, correm quentes no meu rosto, o passado que retorna e permanece.

Ar dos pulmões, frio. Ao contrário do que dizem, é o ar frio que me mantém viva. O movimento dos pulmões traz frio à nudez encerrada no espelho. Esta não sou eu, não sei quem sou. O ar frio me faz retornar ao presente, o que a água dos olhos faz permanecer no passado. Em verdade, estou dilacerada no tempo.

O chuveiro imita a água das chuvas, que dos meus olhos se misturam ao corpo. Sento nos ladrilhos. Águas do corpo chuveiro no ralo rolam. A mimética da chuva, o chuveiro imita os olhos de Deus e eu imito a mim mesma. Os objetos imitam ações e Deus chora. Imito Deus, que arrogância.

O que é morrer?

Dormi a tarde inteira e agora brinco de imitar Deus com o chuveiro.

O que é morrer?

Deitar-se no box frio e esperar que a mimética do choro de Deus brinque com meu corpo, enquanto os cabelos engasgam os ralos e brincam de buracos negros.

Dizem que os buracos negros engolem tudo, assim como os ralos. Estes últimos cospem as vezes. Não é o caso. O buraco negro está engolindo tudo, já sou a água-lágrima de Deus e me deixo ir. Limpo tudo aqui, mesmo sem estar suja, manias de mulheres. Limpar, limpar, limpar, os pelos, o cabelo, o corpo, o chão e os ralos. Deus chora pelas mãos das mulheres que limpam. Lá se vão as partes de mim.

Ainda existo e preciso de mim, mesmo sem saber que tempo é e quem sou. Ninguém sabe, mas existo. Ainda nua, sem espelho, banhada pelos olhos de Deus, percebo as cores da caixa de giz de cera com os meus olhos.

"Escreva", escuto uma voz rouca.

Dedos ousados roubam a virgindade de pequenas cores. As palavras, símbolos e riscos têm vida. Outros já escreveram em paredes-cavernas, não sou a primeira. Algo de mim ficará.

Pinto a parede casa corpo. Fragmentada entre dedos e objetos, reencontro o lugar pacífico de dentro com as cores de fora. não é suficiente.

Eu quero cortar tudo isso, ver meu sangue, tirar as cicatrizes, arrancar as tatuagens. Quente. Raiva. Fogo que sai pela boca. Passos fortes até a cozinha, tesoura, quero gritar, acordem todos, quero que morram comigo!

"Corte os cabelos!", a voz da velha de dentro.

O berro estanque, para dentro, dói a garganta arranhada. No espelho do banheiro, eu com a tesoura na mão. Cabelos no chão. O dia mais frio do ano, dizem as línguas do dia. Meu grito engasgado rompeu o espelho com cada fio que caía no chão.

Chega de lágrimas, acabou tudo. Amanhece o dia e eu quero dormir no coração do sol.

FRANCISCA

"Há como se preparar para a morte?"

Tive essa dúvida, enquanto limpava a parede do banheiro com água sanitária. É engraçado perceber como o cérebro humano faz suas ligações de fatos, conhecimentos, frases, palavras. Foi nesse momento cotidiano que me lembrei de minha avó Francisca, mãe da minha mãe. Quando ela faleceu, eu tinha somente três anos, então pouco me lembro de sua presença. Mas nas histórias da minha mãe, a nona Francisca sempre estava presente.

Francisca era uma mulher do interior, que teve mais de 10 filhos. Vivia de forma calada e trabalhava muito em casa e na roça. Os filhos sentavam no seu colo, mesmo já adultos, e com os netos não era diferente. Até meu pai, mesmo não sendo seu filho e já adulto, também tinha esse costume. A nona Francisca ensinou, em meio ao seu silêncio, aos filhos a lida do trabalho no campo, o cuidado com a casa, a utilização de ervas e chás. E assim, minha avó Francisca viveu, calando o que sentia, chorando o que calava.

Minha mãe foi a "raspa do tacho", a última do balaio e por isso, já conheceu a minha avó com cabelos brancos e certas dificuldades para as atividades do lar. A nona deve ter parido minha mãe já com quase 50 anos e acho que deu "graças a Deus" por não engravidar mais. A caçula, Isabel, ajudou-a nas tarefas cotidianas, que não eram simples, tampouco leves. As histórias da minha mãe sobre a nona sempre acompanharam um "mãe, deixa que eu levo pra senhora."

Não sei se é verdade o que dizem. Já li em diversas ocasiões que, quando uma mulher engravida de uma menina, o bebê já tem os óvulos que serão fecundados na sua vida adulta. Se isso for real, entendo minha conexão com minha avó. Dizem também que a mulher dá às suas filhas o amor que recebeu de sua mãe. Por esta frase tenho comprovação.

Francisca presenciou a morte de diversos filhos. Alguns morreram ainda bebês, outros adultos. Meus avós tiveram que lidar constantemente com a ideia de perdê-los. Sem dúvida, a dor da morte de um filho não se aprende, sente-se, dói-se. Até então, não tive filhos e obviamente nunca os perdi. Não sei o que é sentir isso. Na verdade, de alguma forma, eu sei.

A água sanitária me lembrou de coisas que minha avó viveu. A nona passou pela dor de perder uma filha grávida, que morreu a limpar demasiadamente a casa com água sanitária. É o que disseram. A imagem de seu velório ficou como uma fotografia na minha cabeça. Francisca chorando encurvada no caixão da mulher e seu bebê. Lembrei de uma cena, sem presenciá-la.

Ao limpar o banheiro, naquele dia, eu chorei também, junto com a nona. Mesmo que numa lógica de tempo, não seja possível estar do seu lado. De alguma forma estamos juntas. Escrevo aqui, sobre o silêncio de Francisca. Percebo que só sei de algumas coisas porque alguém me ensinou, assim como me lembro de situações que não presenciei. Sempre havia alguém aqui, que de dentro das minhas células fazia-se lembrar.

E é assim: nunca estamos sós.

FIM

Um pássaro morreu no meu quintal. Não sei qual foi a causa: se ele caiu, se meu gato o atacou ou se simplesmente morreu. O que é importante é que ele morreu no meu quintal. Justo naquele dia! Fiz o velório do pássaro, juntamente com todas as coisas que precisavam morrer na minha vida, entre elas duas pulseiras pretas.

Três anos antes eu não entendia bem o que eu precisava deixar para trás. E houve um dia. Lembro-me bem daquele dia. Apesar de fazer alguns anos, minha memória ainda revive a cena. Naquela época, eu não compreendia bem o fluxo dos ciclos. Ao contrário do que acontece hoje: não há mais tristeza pelo fim! Sem dúvida, há luto, porém sem a melancolia por algo perdido. Tudo que se vai deixa espaço para ser ocupado.

Pois então. O que ocorreu naquele dia foi que chorei demais. Chorava pelo vazio da minha vida, pela minha solidão, pela falta de grana, pelo excesso de indiferença. Sofri até a última gota de água escorrer pelos meus olhos. Em uma noite fria, eu agarrava os joelhos em cima dos lençóis sujos. Ninguém estranharia se ouvisse ou lesse que esta pessoa, imersa nesta cena, começava a ter pensamentos suicidas.

Eu já havia mandado mensagem a todos. A falta de sorte era maior que o desamor, porém não seria aquele o momento para esta reflexão. Um convite veio através de um milagroso vibrar luminoso do celular. A breve esperança!

Uma amiga me lembrou de mim! Na verdade, ela somente respondeu à mensagem. Isto queria dizer uma noite de sábado com uma amiga, para ela. Para mim, aquela mensagem dizia que eu não morreria naquela noite.

Decidi tomar um banho e lavar a alma. Passei batom vermelho pra guerra, e vesti uma roupa confortável. Sai.

Encontrei com a enviadora de mensagens milagrosas, vibrantes e luminosas. Logo que me viu, percebeu meu semblante pesado, os olhos que seguravam lágrimas. Abraçou-me e deu-me uma bebida. Bebi.

Na mesma mesa, também estava outra amiga: cabelos longos, unhas feitas, maquiagem perfeita. Vendo-me sorriu, logo mudando o semblante ao perceber meu estado suicida, que ela já conhecia.

"O que aconteceu?" disse-me ela.

"Chorei o dia inteiro. Não aguento mais." respondi.

Ela, calorosa que era, deu-me duas pulseiras. "É o símbolo de nossa amizade! Não perde, viu!". Abraçamo-nos, sentei à mesa e compartilhei um pouco do leve estado das outras mulheres.

Muitas coisas passamos juntas. Ficava horas na sua casa. Pintávamos meu cabelo, bebíamos muito café, ela fumava, enquanto ríamos de tantas ideias loucas que tínhamos. Dançávamos músicas dos anos 80, maquiávamos o namorado dela e eu chorava às vezes.

Chorei muito. Chorei até dormir naquele ombro, onde já era meu lar. Protegíamos da vida como felinas.

Eu me mudei de cidade. O contato continuou, ela suportou meus problemas de novata na cidade grande, eu apoiei as ideias adolescentes dela.

Ela mudou de repente. Apoiava vermes, que queriam a morte de tantos de nós. Começou a usar símbolos, adorar um patriota, aplaudiu a morte de vários e riu da desgraça da maioria. Questionei, e a resposta veio fria: "o choro é livre!".

Aquele era o fim de algo que eu vivi. Não houve tristeza. A amizade acabou, morreu, da mesma forma como aquele pássaro no meu quintal. Não sei bem qual foi a causa, mas morreu. Precisei aceitar. Três dias depois, enterrei as pulseiras e o pássaro, entrei em luto. A terra dá fim às coisas.

Fim.

TETO

A loucura rompe tratados, abrir os olhos é um deles. Descumpro o escuro de dentro de supetão. Um susto. Não é o mesmo romper dos outros tratados: desperto como quem rasga papéis sociais cheios de letras vazias. Não era pra acordar, ninguém quer meus olhos sobre a cidade, sobre o asfalto, sobre o cotidiano. O Airton tá dormindo ainda coitado. Tá molhando tudos trapo com a baba.

Meu nome é Janice, moça. Qué ouvir minha história, né? Que que eu vou te dizer...

Tem umas coisa que não lembro. Perdi os documento. O moço do albergue disse que eu tenho que achá um lugar pra guardá. Roubaram ele na noite passada, ou na outra. Levou um pau dos policiais depois, pau no cu dos porco. Nós não pode nem falar que pegaram os trapo que já leva pau pra ficar quieto. Acham que mindigo é só pra apanhar. Outro dia levaram o Zé, sumiro com ele. A tia da banca [que às vez dá um prato de comida pra nós] falou que viu os homi carregano ele.

Se eu tenho medo, moça? Tenho. Tem os porco e tem gente que quer mais é ver a gente no chão, sangrando, ou não ver mais, né?

O Irto [a gente chama ele assim] tava babando mas minha boca tá seca, acordei assim já. E a garrafa vazia. Corote, né? Pra esquentá um pouco, né? Antes eu dizia que a boca da ressaca tinha gosto de guarda-chuva molhado. Todos os dias,

lambo um guarda-chuva, sem ter caído um pingo do céu.
E Meu Deus Do Céu é ruim quando faz muito sol e é pior
quando chove. Alaga tudo isso daqui e os carro passa e molha tudas coisa. Se os cara não róba, os homi não tira, molha
tudo. Tem uns que morre de frio aqui.

São sempre 6h da manhã ou da tarde nesse relógio de pulso.
Ou é início ou é fim do dia. O sol a pino mostra a mentira do
aparelho, o importante é que ninguém saiba as inverdades
mecânicas. Todo mundo sabe a mentira do relógio, mas é
um segredo. É a fome que faz acordar e as horas são bolos
recheados de espera.

A verdade é que espero Leopoldo todos os segundos do relógio e a mentira é que ele vai voltar.

Voltar pr'onde?

Nem todos os dias acordo no mesmo lugar, nem sempre é
esta ponte o lar. A rua tem dessas coisas, estar aqui e estar lá
é diferente e igual ao mesmo tempo. Ninguém me espera no
lugar nenhum. Tanto faz, são sempre seis horas, sempre seis.

Ele saía cedo de manhã, lembro do ponteiro no relógio da
parede. Aqueles se moviam, saída dele, volta dele. O do meu
pulso parou. Leopoldo chegava do trabalho todos os dias,
almoçava e saía novamente. Mastigava, mastigava, mastigava,
lia o jornal, mastigava, engolia. Todas as garfadas eram iguais
e ele sempre queria mais, repetia todos os dias as refeições, as
mesmas notícias. Em cima da mesa ficavam os pratos sujos e
vazios. Depois era eu, a torneira e o radinho pra ouvir uma
voz ou outra.

Onde estava Leopoldo? Encontrou aquele homem algum dia?

Um dia, ele não voltou. Ficou por algum lugar, comprou
cigarros, bebidas, achou outra. Morreu? Sumiu, evaporou.

Como pode alguém nunca mais aparecer? E desde então, são sempre seis horas.

E veio a carta de despejo. A rua, a procura, as eternas horas. Faz tanto tempo. Tanto faz...

Um dia, meu pai disse que eu estava louca. Entrou bêbado no meu quarto, pegou meu diário, escolheu uma folha solta, leu e disse que eu estava louca. Riu. Esperou uma resposta minha, estou louca até hoje. Aquele não era meu lugar, os lares não são meus lugares.

Leopoldo chegava em casa e dizia que era culpa minha. Louca de culpa, sou culpada pela minha própria loucura. Não estou louca, na verdade. Rompi, romperam comigo. Rasguei, sem marido, sem papel. Eu sou louca. Vivo de brincar no meio fio da sanidade.

Nas caminhadas entre as seis horas, finjo que o asfalto é mar, calçada-areia. Meio fio espuma das ondas asfalto granulado cinza das ondas.

MARINA

Pernas longas, braços fortes. Quadris de não parir. Olhos claros, pele bronzeada. Cabelos escuros de branca de neve sem os sete anões.

Regata e short, chinelos.

O atraso sempre tem uma nova explicação. Procurava debaixo do livro, Clarice Lispector não roubou as chaves, na cama, dentro do roupeiro.

– Ah! No bolso da calça de ontem.

Corrida para pegar o ônibus, a maratona.

Passa catraca, banco livre, olha para quem tá do lado. Senhor de uns 50 anos, não tem cara de abusador. Senta. Janela em movimento, quando não enjoa, faz lembrar.

Nas colagens da infância, uma notícia:

"O dia em que joguei o cartaz na cara do garoto escroto. Rendeu um corte, mas valeu a pena."

Escola

Eu, tímida, falava sobre A História dos Hunos. Átila, um grande guerreiro e tal.

O garoto ria. Do quê?

– Escuta aqui, ô garoto fedido...

Ele nem esperou: avançou com canivete e tudo. É por isso que proíbem armas nas escolas. Há motivo.

Desmaiei. Ele foi expulso.

Minha mãe foi chamada, obviamente. Cuidava dos sangues, produzidos por garotos fedidos em escolas e outros.

[em silêncio]

Mãe, o porto. Ancorei meu navio nela, naquele dia e em tantos outros. Ela fazia um chá todas as noites e ficávamos em silêncio, olhando aquela água quente.

Sangue

Tinha 13 anos. Um nervosismo insistia em perseguir minhas pernas em dores de crescimento.

tremeliques por toda parte, sono, bocejo, 21 horas, não vou conseguir esperar meu pai. Foi comprar cigarros.

7h da terça-feira, despertador. Difícil sair do quente da cama, primavera ainda é frio, é cedo, quero dormir. Arrasto uns pedaços sonolentos que chamam de corpo adolescente.

Uma mancha na calcinha, acordei mesmo?

– Mãe! O que é isso?

– Minha filha! Você é uma moça!

– Quê?!

Absorventes, como usar?

Abraços e beijos da minha mãe, enquanto mostra a pequena fralda. novidades uterinas,

escola,

tudo igual lá, algo novo em mim.

Ganhei uma jaqueta nova por sangrar. Não dói, sangue é benção, quebra silêncios infinitos, mesmo em meio ao chá de macela daquela noite.

As prestações

Ontem esqueci de pagar as contas, como pude? Todo dia 10, todo santo dia 10.

Esqueço umas coisas, lembro outras. Ainda sinto a língua no meu mamilo. É assim: Estou tranquila fazendo o almoço, de repente vejo a imagem da língua dele no meu mamilo, as mãos apertando forte meu quadril, empurrando, puxando enquanto quico forte.

Talvez esteja apaixonada, é o que dizem: amor de pica. Só que existe uma probabilidade grande dele sumir também, existem coisas reais e sombras.

Não sei jogar esse jogo, aparece, some. Quem escreveu estas regras?

in definições

olho os teus olhos e vejo a mim, sem máscaras, queria decidir estar aqui. jogar relógios pela janela, ser eterna, com teu pau dentro de mim.

pau dentro de mim, precisa fingir algo? dentro de mim, poderia ser suficiente. não dura pra sempre. essa dureza poderia ser a única da vida.

uma vez um cara disse que um corpo que sai de um lago não é o mesmo que entrou. finge que sou lago, agora ninguém é mais o mesmo com esse entra e sai. lago de abstrações, quando gozo é assim, poço infinito.

aproveita.

amanhã é o dia de olhar todos os oráculos, procurando respostas. então, aproveita ser lago e ter alguém entrando nessas águas.

já ouvi que depois que o cara vai comprar cigarros, é provável que ele não ache o que fumar e evapore, vire fumaça dos cigarros que nunca comprou.

eu não fumo.

Espera

Alguns vais-e-vens são interessantes. Esse de ir e vir quando quer sem estar e nem sair é uma tortura. Jogos de xadrez, não joguei.

Lembro que, na escola, havia um grupo de colegas que se reunia para jogar xadrez nos dias chuvosos. Não consegui aprender.

Ficava lá, de fora, olhando, assistindo o Xadrez e sua guerra de peças, meus colegas e suas estratégias. Peão, cavalo, rainha, e sei lá mais quantas peças. Todos buscam proteger o rei. Talvez eu esteja mais próxima dos piratas, saqueadores de tesouros em ilhas, com rum no talo.

Impossível ser pirata. Escondem-se em navios e a estratégia é precisa. E nem gosto de rum.

não sei jogar xadrez.

não quero aprender.

Deve ter algo para além da estratégia de guerra.

Fico aqui, assistindo o desdobrar do origami, no papel cheio de poesias. Sem peças.

a vida não é um tabuleiro em preto e branco.

não sou uma peça do jogo.

Cavalo, rainha, peão, papa, daqui de dentro colocam fogo no castelo, contra o rei. E saem em busca de novas ilhas, com piratas aventureiros.

ainda não sei jogar xadrez.

É uma prisão que chamam de liberdade. Ora, se não posso dizer o que sinto, preciso me encaixar nessas peças, me movimentando em L como um cavalo, é um xadrez. Não foi dessa vez que a *lili cantou*, não.

É assim, muito fácil. O cara chega aqui em casa, transa para um caralho, demonstra afeto como se não houvesse amanhã e evapora. Um homem que vira lenda. Só volta quando quer sexo, carinho e essas coisas que não rola demonstrar na rua, né?

Afinal, homem é homem.

E que mulher eu sou?

porta

Na adolescência, eu e minhas amigas brincávamos de oráculos dos carros. Sabe como é? É assim: os números repetidos das placas dos carros tinham recados para nossas relações com os meninos.

Não sei se lembro de todas as repetições.

11 tá me traindo 22 vou vê-lo depois 33 perdi ele de vez 44 era algo bom, a ver com o boy 55 ele me ama mais que eu penso 66 sorte e felicidade 77 azar! toca na cor verde! 88 beijo 99 namoro 00 vou ver quem eu quero.

Só não lembro do 44. [estar de quatro] Quem se importa?

Até hoje, quando vejo um carro com números repetidos lembro-me dessa brincadeira. Às vezes acho que quer dizer algo sobre algo. Na maior parte das vezes só me faz lembrar que, desde a adolescência, ficávamos esperando recados.

E eram somente essas as mensagens que chegavam, mesmo. Precisava me encaixar em um comportamento ou outro, "ele vai embora se você não cuidar". Cuidar de quê, cara pálida? Se ele quiser ir embora, abro a porta!

Demorei tempo demais pra perceber que é sorte estar comigo? Um mar de placas de carros cheias de 66, sortes e felicidades, por estar comigo.

Até saber a hora de abrir a porta, passei por muito choro.

Nunca fui padrão e não cabia em caixas de sapato ou quadradinhos mínimos de tabuleiros de xadrez. As pessoas fazem falta, quando têm o costume de estar presentes. Uma regra do jogo deveria ser: não se compra cigarros pra nunca mais voltar.

Laboratório

> *Ratinhos de laboratório recebem estímulos como teste. Durante alguns dias, camundongos da espécie "otária de grau maior" recebem rações de tutores-pseudo-cientistas. Após alguns dias de rotina, os ratos param de receber os estímulos. Os tutores-pseudo-cientistas observam de longe o comportamento dos animais. Não concluem nada e saem pra fumar na sacada. Os pobres animais choram por migalhas e comem uns aos outros de fome.*

fiquei contente com mensagens-milho. *Mensagem-milho* é aquela que você oferece pras galinhas. Umas migalhas de atenção e está tudo bem.

recado ao caminho da tabacaria:

– você é carente e quer demais. algo que não posso dar!

– porra, meu bem. A porta está escancarada aqui. Pode ir embora. Ah, não vai, não? Então, vou eu.

[bate a porta.]

in visível

Odeio me apaixonar, porque fico pensando demais. E sem saber nada de nada, houve um tempo em que fui atrás do cara, no trabalho dele, pra ver *qualéque* era.

O cara trabalhava na praia, e a gente se conheceu em um outro espaço-tempo. Foi um choque de realidade, porque não havia realidade em conhecer ele. Foi em uma festinha latina e a gente acabou dentro da lagoa. Fiquei apaixonada, que obviedade. Não é todo mundo que você diz *bora*? e a pessoa *bora*!

Ele ficou na minha casa um final de semana inteiro e depois foi comprar cigarros. Eu que não fumo, pedi um cigarro, mas ele não voltou. Voltou às vezes, na verdade, mas sem cigarros.

Enfim, fui no trabalho do cara e vi ele tão leve. Ninguém poderia pesar menos. O que não percebia, é que não me encaixava na vida dele. Precisei ser eu e escrever. E aquele não era um espaço para escrever.

Fui pra casa, porque fui otária em ir no trabalho do cara sem ele saber. Não se faz isso. (vou até colar um post it na geladeira!) Estava tudo estranho em casa e o cara disse que viria passar a noite comigo. Então, resolvi ficar esperando.

Que ótima ideia.

3 horas da manhã

nada.

Puta que pariu!

O golpe tá aí, caí porque quis.

Eu fui otária em ir no trampo dele? Sim.

Mas ele precisava mentir? pergunta retórica.

Naquela noite, sabe como me senti? Invisível. Meu corpo ocupa espaço, tem memória e história. Mas ele só não se importa, essa é a verdade.

Acordar não é pra qualquer um.

Passei um café.

bom dia

Os homens e seus silêncios. Quando não silenciam com suas falas, silenciam com sua falta. Esses jogos doem.

Passo cafés todos os dias e hoje não foi diferente.

Só que esse gole engasgou, sei bem o motivo. Engoli tudo, a raiva, os milhões de pensamentos, a procura por solução, encerramentos, luto, solidão, abandono.

O vazio.

Engoli.

Não é à toa que as mulheres da minha família têm dores até vomitar. Entre outras muitas coisas, herdei o vômito. Enxaqueca até sair a bílis. Minha mãe sempre teve a mesma receita:

chá de macela

deita

e vomita.

todas nós achamos que é a última noite de vida, durante as enxaquecas.

Sim, sim e sim.

Vômito e choro.

Criei ilusões até o talo

não existem coisas além daquelas que se veem. O que sinto, ninguém vê. Vejo se fechar os olhos, apertar tanto até chorar.

Tudo por conta de um café mal engolido.

Juro que amo café.

Culpa e raiva.

Se pudesse materializar os sentimentos, colocaria tudo debaixo do tapete, seguiria a vida. No dia da faxina, varreria pra fora. Agora não dá. Só quero chorar, vomitar e tomar banho. Ficar horas no chuveiro quente. Quanto mais tapetes, mais poeira.

Se me olhar no espelho agora e ficar muito tempo perseguindo meus próprios olhos, sei que a sujeita está aí há bastante tempo. Abandono e solidão são meus de mais ninguém. As pessoas entram com suas poeiras nos pés e deixam-nas aqui em casa, pra que eu coloque debaixo dos meus tapetes.

Vou jogar os tapetes fora. Todos no lixo.

Antes de conhecer aquele corpo, eu era só, mas dormia sem mosquitos. Hoje a solidão vem todas as noites zumbir nos meus ouvidos.

Comprei um repelente.

Café desceu pelas vísceras. E eu amo café.

Seja bem-vinda novamente, dona solitude. Os mosquitos não me acertam mais. Boa noite.

Sem esquecer jamais: água quente e macela. Saudades de minha mãe.

O sagrado chá. Minha companhia. Sem mosquitos, chá, vômito, choro. Agora sim, boa noite.

Canela

As Amazonas eram guerreiras e foram enganadas por Hércules. Hipólito tinha um cinturão, que carregava todo o poder dessas mulheres. Elas viviam somente entre elas, mas resolveram negociar com aquele homem, que parecia sair do mesmo lugar que todas as Amazonas. Mas não.

Ele não saiu.

Por meio de um jogo, o homem simples roubou o poder de toda uma comunidade de mulheres da guerra.

Desde então, a batalha não acabou. Procuro todos os dias por Hércules para recuperar o que perdi, desta vez sozinha.

Uma amazona sozinha.

Batom

Tenho essa pequena obsessão pelas cores. Sempre chega o dia do batom vermelho. Dia de batalha, vestir-me de amazona. Um objeto fálico, que dá cor ao rosto. Não, não é convite ao sexo. É pintura de guerra, pelo menos hoje.

Acordei com duas dentro de mim: a que ritualiza e a que mata. Escolhi as roupas e vesti a armadura. Sair às ruas hoje é matar um leão e carregar a carcaça pesada até a casa, sob o sol da savana.

Tenho fome e não é de comida.

Missão dada

missão cumprida.

18h

Enfim, em casa e cansada do peso das armas. Dispo-me de todas, aquelas que apertam meus intestinos e as que deformam os pés.

pura

nua

vestida de vento

a casa pertence a mim.

Mereço um banho de amazona, batizada com o próprio choro durante a queda d'água. Os olhos chovem no banho ao lembrar daquela que precisou matar dentro de si, para assim permanecer viva. Muitos vivem na minha pele, sei quem são. Dormir e não lembrar dos sonhos.

Toda batalha tem seu fim

chá de canela.

Saturno

Logo que pisei na agência, precisei correr para o banheiro. Não, não estava me mijando e nem menstruei de repente. As águas saíram pelos olhos, não consegui represar.

A sensação de chorar em público não tem preço. Tive sorte que ninguém além de Simone viu o meu estado.

– Tudo certo aí, amiga?

– Sim, tudo ok. – *não estava tudo ok. Mas ok.*

Lavei o rosto e sentei. Sem batom vermelho, armas, armaduras. Dia de nudez, transparência.

"você é importante para mim"

Uma mistura de acolhimento com mais *mensagem-milho* para galinhas famintas. Cada vez mais confuso, afinal quem é importante, uma pessoa ou um amontoado de palavras em uma tela?

O famoso golpe

caí no chão, desta vez

O telefone não para de tocar e o Manu já está me olhando torto.

Lambo as feridas da queda da torre e finjo que a ligação caiu. Lá vem o choro de novo.

engulo

Em cima do vaso, posição fetal. Um fantasma morre.

Crime "?" ou Joaquim

– Estou grávida.

– Só existe a possibilidade de *eu* ser o pai?

– sim. Já tomei minha decisão, vou interromper.

– posso dar minha opinião?

– sim.

– não tenho condições de ter um filho agora.

– eu também não. já decidi. Não consigo mais trabalhar. Tenho tontura, enjoo, vontade de chorar toda hora.

– Eu não te obriguei a nada. Achei que você se cuidava.

– Tá, olha só. Vou precisar comprar essas pílulas e preciso de ajuda. São 500,00.

– ok.

Estou sozinha e é violento. Meu corpo vai sangrar e talvez eu morra.

S   o   z   i   n   h   a

Crime "?"

A menina do movimento feminista disse que eu precisava ver se está tudo bem por dentro.

Ecografia.

Batimentos cardíacos. "Joaquim". Vou matar mais alguém em mim?

> *Uma carta:*
> *Você já entrou dentro de uma mulher que gerou uma vida? que abortou? que pariu? que foi estuprada? interrompida? rasgada? enganada? despedaçada? Há história nessas vulvas que chamam de brinquedos. Eu não sou um refúgio, ou um contato no seu celular. Tenho essa história aqui. Abortei o Joaquim. Ele não merecia, nem eu.*

Pílulas sozinhas. 8h em 8h. Sem comer, celular ao lado, lista de hospitais próximos.

Começaram as dores do parto e comecei a me repartir em pedaços a cada gota de sangue. Quase ao amanhecer, saiu o embrião inteiro. Vomitei, ao mesmo tempo que tive diarreia. Fiquei ali nos ladrilhos do banheiro

des

pedaçada.

me dei conta então que tinha frio e afinal de contas a cama estava tão ali perto, levantei, desmaiei. Sangue por toda a cama, que só vi no dia seguinte.

estou aqui despedaçada
violentei meu corpo,
você não fez nada.

pode falar, disse ele, enquanto me ouvia chorar. Não sei se o ladrilho foi mais frio.

Fui trabalhar no novo emprego e à noite teria aula. Atravessei a cidade, ainda sentindo o sangue nas pernas e ouvi o coração bater. Era só o meu coração. Só o meu coração.

Só o meu

coração.

A cada sangue de ciclo, culpa.

chá de maçã. Sonhei com minha irmã rindo tanto.

caverna

Sei o que preciso abandonar e não é a mim mesma. Não quero mais vomitar essas pedras secas de palavras mal acabadas não ditas pelo silenciamento dos homens. Que calem-se, já virei minhas costas.

Acendo uma vela, na escuridão da lua no seu último suspiro de iluminação. Fogo da casa, no meio da sala, pra colocar luz na dor, quero olhar ela de perto. Cada cantinho da dor. É a ela que tenho.

Nua sinto frio, mas não tanto quanto as tuas palavras e depois o teu silêncio.

Hoje sou eu que compro cigarro e volto a mim mesma. Abandono as cascas velhas de papel rasgado e queimo com toda a casa.

Conto essa história e 1, 2, 3, 4, 5 lágrimas. Acabou.

luto é verbo.

Luto

Meu pescoço dói e sei a razão. O crânio pesa em pensamentos nebulosos, maremoto, ventania.

Saturno caminha lentamente em seu próprio círculo bem distante do sol. E ainda assim o sinto.

navalha

ladrilho

cabelo

cabeça pelada

Noite escura, cabelos negros, chão branco, água quente, saturno lento

Boldo.

roda

sem repetições

acabou

culpa pelo que fiz, pelo que não fiz. pelo que disse e não disse. Insuficiente.

O silêncio grita, não há respostas e já é tão resposta.

morta.

Enterro os ossos, sementes. Espero o que rasgar a terra. Serei eu, sem repetições.

Sou feita de barro branco, que se une às partes do rio em

movimento. vou com a água, me vou agora.

Sem ruídos, corpo quente água fria, sem resíduo. Água quente corpo frio, na beirinha do rio, réstia de sol do meio-dia,

não sei que sou, só é.

Uma criança que brinca sob o sol. Menor, pequena, mínima perto do fogo. A Terra dá conta de mim.

Arqueólogos sensíveis encontrarão os meus símbolos e neles se entenderão. Daqui a milênios, encontrarão ossos-sementes no meio do barro branco.

Sempre fica algo de alguém, de tudo. A Terra guarda as lembranças da ventania. Quem tem ouvidos na pele, ouvirá todos em todas as coisas.

ouve a música?

nunca mais estarei sozinha, tantos aqui.

A verdade é que nunca estive

só.

CONTOS DO CORPO

A NOITE QUE ENGANEI
A MORTE

Tudo certo para a aula!

Há prazer maior para uma professora do que ter tudo plane-
jado e aguardar os alunos? Tem. Mas nesse momento, não.

– A prof^a está on!

line.

Na sacada da minha casa, aguardo os alunos de longe, que
talvez fiquem perto. E quem está perto?

19:30.

Prof^a on.

Só a prof^a on.

Hoje teríamos a história de Sísifo e Thanatos: o dia em que
alguém enganou a morte.

E quem quer saber de morte? Ontem: recorde de mortes pelo
COVID, 2 mil.

No muro próximo à minha casa: "a polícia mata mais que
COVID", tenho minhas dúvidas.

Sísifo era sacana: enganou a Zeus, enganou Thanatos e
viveu muito.

Eu enganei a morte, também. Do meu jeitinho prof^a on.
Sísifo em troca de uma fonte de água, entregou Zeus.

O cara entregou Zeus, ninguém menos! Pudera: o Deus dos Deuses raptou a filha de Asopo, a doce Egina.

Sísifo não entregou Zeus porque era justo: ele queria algo em troca, era o Rei da Malícia. −risinho de canto de boca −.

Zeus fica louco de ódio e manda o melancólico −emo− Thanatos levar ele. A morte não recebia um elogiozinho há séculos e ganhou um lindo colar de Sísifo e se esqueceu da missão.

Sísifo foge.

Fugiu da morte.

A profª on, sozinha, enganei a morte. Escrevi tudo isso, mesmo on

line:

Um cara beija uma mulher onde é proibido

estacionar.

Um casal estaciona o carro. Ele negro, ela branca.

Placa: proibido estacionar.

A policial −negra− se aproxima da mulher branca −ainda no carro−, falando algo, que a mulher −branca− de dentro do carro não consegue entender. A mulher banca abre a janela, o homem negro é levado para fora do carro por um policial −branco−. Ele −negro− fica no chão, recebendo socos do policial −branco−. Ele −negro− só receberia beijos da mulher −branca−.

−umhomemnegroéproibidodeestacionarocarrocomumamulherbranca−

ELA

donz ela

Acordei agitada e impaciente. Sonhei que era a Mulher Gato e lambia vagarosamente a boca do Batman.

Abro os olhos lentamente. Viro para o lado da cama, resmungo algumas palavras sobre o frio que faz fora das cobertas e jogo-me para fora do quente. Arrasto meu corpo pra a cozinha e conto quantos pães ainda tenho.

Contar pães é um jogo, nesta hora da manhã. Dou uma pequena risada, pela infinidade dos pães. São 1 pão, 2 pães, 3 pães, 4 pães, 5 pães, 6 pães! São 6 pães! Abro a geladeira e o cheiro de comida faz meu estômago roncar, então eu grito pela deusa da fome.

Os pães, agora, numerados olham-me, com olhos de cachorro molhado. Franzindo a testa, peço licença para o pão 1.

– Com licença, senhor. Estou com demasiada fome, poderia eu comer você todinho? Com o perdão da palavra, você parece muito gostoso.

– Será uma honra, senhorita! – O pão responde.

Levo-o para a minha boca, mastigo e engulo-o, sem pressa. A felicidade é tanta que a situação me lembra músicas antigas, como a "Dança da Manivela". De fato, não há ligação nenhuma entre alimentar-me e conversar com o 1 e cantar muito alto as frases "aqui tá quente, aqui tá frio, muito quente, aqui tá frio".

Vou ao quarto, ainda cantando, abro o armário e visto o vestido favorito. Rodopio como um peão até chegar ao banheiro. As manhãs são sempre os melhores momentos do dia!

imper atriz

O celular desperta! Eu me vesti para sair de casa, correto? Estou pronta para trabalhar.

Pego o aparelho digital, coloco-o na bolsa e organizo-a para mais um dia. Tudo deve estar em ordem: sem atrasos, dessa vez.

Recolher o lixo.

Responder mensagens.

Tirar as comidas de cima da mesa.

Lavar a louça.

Tudo certo.

A saída rumo à rua é sempre uma corrida contra o relógio. O ônibus pode passar e eu não conseguir chegar ao trabalho sem me atrasar. São dois minutos para chegar até a parada de ônibus e 20 minutos dentro dele para chegar à agência.

Após passar a catraca, vejo um banco que está disponível. Sento-me e sinto a liberdade de checar todas as tarefas do dia, no aplicativo. Sem me esquecer, é claro, da lista de compras.

Chego ao trabalho, beijo o retrato de Rodrigo ao lado do computador, quase posso sentir o cheiro de seu perfume barato, sua barba na minha nuca e aquela mão firme no meu quadril. Mordo os lábios, sem perceber que o telefone toca.

Ligia passa rapidamente pela minha mesa. Seus passos pesados, raros e sem disposição, lembram-me do dia em que ela perdeu seu pai. Sem dúvidas algo aconteceu! Conheço esta mulher há pouco, porém a convivência diária uniu-nos pela vulnerabilidade cotidiana. Ela segue em direção à pequena cozinha da agência. Logo ao desligar o telefone, sigo seus passos, sem duvidar que seu rosto precisa do meu ombro para chorar.

Abro a porta do pequeno recanto e vejo a cena: ela está sentada com os cotovelos apoiados na mesa e as mãos segurando o rosto. O nosso abraço é caminho conhecido pelas duas.

– O que aconteceu, Lígia? – Digo.

– Ele terminou comigo!

Após o longo abraço, sem palavras, coloco a água para aquecer. Em uma pequena xícara, repousa o sachê de chá de camomila.

– Camomila dissolve a culpa. – Digo para aqueles olhos sem esperanças. – Chora tudo.

Não há nada mais a dizer. Ela se acalma e nós duas voltamos ao trabalho, mesmo com o rosto vermelho e inchado de Lígia. Os olhos curiosos dos colegas são afastados pelos meus olhares protetores: "não é da sua conta!", dizem meus olhos aos curiosos.

estr ela

São 18 horas. Despeço-me do retrato de Rodrigo e convido Lígia para um breve café. Espero a certeza da resposta negativa e saio do trabalho. A playlist do fim do dia é o modo aleatório. Chego em casa e enquanto preparo o café, danço a partir dos quadris, visualizando Rodrigo. Imagino-o no sofá, olhando-me com fome pelo meu corpo. Solto os cabelos e sinto vontade de tirar a roupa, e assim, nua, tomo café e danço para o namorado ausente.

"Tu vens, tu vens. Eu já escuto os teus sinais…".

E a voz do anjo sussurra pelo tocar do telefone. É mensagem do dito cujo: "boa noite, te amo!".

sacerdot isa

São 22 horas e os olhos querem fechar-se. Antes de repousar o corpo, coloco a água para esquentar e pego o chá de raiz de valeriana. Gosto de sentir os batimentos de meu coração ao final do dia, coloco a mão no peito e respiro longa e profundamente.

A água vai para a xícara e depois para a boca. O gosto de chá de valeriana é único. O calor do líquido passa pela garganta, esôfago e estômago. Cada célula de meu corpo se aquece lentamente, uma após a outra. E os olhos começam a pesar cada vez mais.

Vou até a estante de livros e escolho "Dom Quixote" para esta noite. Tomo o último gole de chá e levo o livro para a cama. Começo a ler ao mesmo tempo em que relaxo o corpo, em pequenas mentalizações sobre o corpo. Duas páginas depois, as pálpebras ganham a batalha e fecham a noite para o consciente. Hora dos sonhos.

Até amanhã.

JANELAS

Cidade deserta há quatro meses. Aline [a mulher da janela] não mostra nenhum sintoma de doença. Trabalha em casa, e vinho é seu ritual de todas as noites. Sozinha sim, sem vinho jamais. São 18h e a luz que entra pela janela é perfeita. E é sexta-feira: sextou! Momento de abrir o vinho e mirar o nada. pro nada. Outra janela espirra luz: o pequeno aparelho digital notifica uma mensagem.

Se a gente sobreviver, a gente transa.

É triste, reflete ela, mas é verdade. A realidade é triste nestes tempos. Responde a mensagem, acompanhada de uma foto do vinho:

"Espero sobreviver".

Essa foto não faz sentido nenhum, não tem nenhuma ligação com o que conversam. Mas tanto faz, é só um cara que catou no Tinder, assim como tantos outros, a probabilidade de encontrá-lo por trás das janelas é pequena demais. Ele a estimula e a excitação é suficiente no momento. Na verdade, não é o bastante, porém é o que se pode ter. Não transar não é um problema, quando parte do país vive uma morte lenta e gradual.

O orgasmo é uma pequena morte, deve ser por isso que toca tanta siririca. Morre-se e vive-se todos os dias. Ontem Aline sentiu que caia de um prédio de 22 andares e sobrevivia. Tanto tempo sozinha, que já não diferenciava o sonho do real, *morri de fato?*, reflete ela sobre o tremelicar de pernas do dia anterior.

A luz da janela da sala insiste em flertar com o corpo quase nu da mulher, engolida pelo sofá. Um pequeno feixe de luz na própria libido. Libido, não, né. Boceta, porque dizem que pegar sol na boceta faz bem. Aline leu naquela matéria aleatória do Twitter, enquanto protelava o trabalho do dia. Entrar nas redes sociais era algo que fazia com frequência, já que a cabeça martelava pirocas enquanto deveria responder e-mails. Esses pensamentos a confundiam e era melhor distrair-se um pouco, mesmo.

– *Caralho!* – dialogou com a geladeira. – *4 fucking meses sem tocar em um ser humano!*

Pegou o doce de leite de lá de dentro

como se convidasse o aleatório pra entrar no quarto.

Abriu o armário dos talheres

como se abrisse a braguilha dele.

Pegou uma colher de lá de dentro

como se tirasse o pau dele de dentro da cueca.

Enfiou a colher dentro do pote de doce de leite,

lambeu devagarinho a cabecinha que ficou pra fora da colher,

Você é uma delícia!, disse ela ao doce de leite.

Colocou a playlist do spotify "pra transar" e saiu caminhando um pé por vez, ao som de Liniker. Abriu botão por botão da camisa que vestia, única peça de roupa e olhando para o espelho do corredor tocou no próprio seio esquerdo:

Gostosa, pra boceta!

Perdeu o tempo, dançando para a Aline do espelho, com a taça de vinho na mão, que até se esqueceu de vestir-se. E pra que existe roupa? O sol havia se escondido, mas os vizinhos que sempre viam-na dançar na janela, não. E era hora do show, não era? Se não houvesse ninguém a assistindo na janela do apartamento, alguém a veria na janela digital. E se não houvesse ninguém em nenhuma destas janelas – sempre haveria o espelho.

O vizinho desconhecido, que direto aparecia nos seus shows sem pagar ingresso, entrava porta adentro do prédio da frente, com os olhos já presos na janela do quarto andar. Ele entrou pela porta como se penetrasse em Aline e desapareceu na pequena caverna profunda. Voltou na janela da escada do segundo andar. Um entra e sai pelas portas. Finalmente chegou ao apartamento, ligou a luminária, tirou a roupa e já de duro, observava Aline. Ela estava acima dele, como gostava.

Aline mergulhou o dedo do meio na taça de vinho e passou pelo bico do seio, era assim que excitava o conhecido-desconhecido da janela. O cara já começou a tocar-se e ela virou de costas, abrindo as nádegas, assim, de quatro que ele gostava. E Aline também. Estavam longe, mas sentia aquele pau duro entrando na sua boceta e nem precisavam tocar-se. Gozavam sempre juntos.

O GRANDE ROUBO

As pessoas compram e vão a outros locais, há uma regra social de não ficar no mercado por muito tempo. É prático, o direto mundo da troca.

"bip"

– Crédito ou débito, senhora?

Nunca gostei que me chamassem de senhora.

– Crébito, senhor. – Dei uma risadinha, enquanto o moço do outro lado da máquina permanecia sério.

– Quis dizer débito. – Disse, recolhendo meu riso.

Jamais julgarei a falta de capacidade de rir de um caixa de supermercado. É muito barulho. Entendo você, moço. Silêncio é bom e eu gosto. Sorrir durante a troca é demais.

Lá no fundo de eletricidade on-off estão as flores a serem vendidas. As únicas do supermercado, que permanecem se não forem compradas por alguma idosa querendo presentear a amiga também idosa.

Fato é que não sou idosa. E gosto de comprar plantas. Especialmente em supermercados. As plantas não fazem som, a menos que estejam em seus coletivos, banhadas pelo vento, sendo pouso de pássaros e abraços de alguns humanos "gratiluz". Neste caso, não sei o que é pior pra elas: estar em um supermercado, banhadas por plásticos, créditos, débitos e crébitos, piadinhas de clientes sem graça, falta de sorrisos dos caixas, ou os jovens místicos, no meio de suas fumaças "naturais", abraçando as coitadinhas que só querem espaço pra viver.

Se for ver a fundo, as plantas são plenas. Até rimou, quase rimou, na verdade. Elas estão lá, somente sendo, vivendo, respirando, fazendo a fotossíntese, criando raízes. Logo, chega o ser humaninho e acha com toda sua pretensão que vai salvar a coitadinha, pobrezinha precisa da luz desse bicho de roupas. Ele vai lá, coloca a planta no vaso e leva pro supermercado. Pro supermercado! Quem precisa ser comprada, quando se tem raízes, terra, ar, uns gatos fazendo xixi?

Ninguém.

Quem precisa de supermercados, quando se é uma planta?

Voltando à cena de compra,

bip, bip, bip, bip, 67,09, senhora, crédito ou débito.

E as plantas lá, na porta. Eu olhando pra elas e elas lá.

Talvez eu não precise de mercado, talvez eu queira respirar, talvez eu só queira espaço, talvez eu precise de silêncio, talvez essa luz artificial me irrite, talvez eu receba abraços "gratiluz", preciso fazer a fotossíntese? Sou uma planta em um supermercado?

Houve uma comunicação aqui.

bip, bip, bip, bip, crédito ou débito, senhor? crébito risos, cara pálida da moço do caixa, riso sem graça do senhor, crédito, sua senha, botões, botões, botões, aqui está seu recibo. Boa tarde.

As plantas ali na porta e eu em frente a elas.

Existe um lugar melhor pra elas. Neste lugar ideal, regávamos umas às outras e descobríamos mais sobre nós. Conversávamos em silêncio.

É pesado ser uma planta em um supermercado. Que tal correr dali? Gritar? Isso é loucura, não está acontecendo.

Carrinho de supermercado, sacola de supermercado, planta na sacola, sacola no carrinho, não vou pagar por elas, não se vende plantas, jamais!

Perigo: roubei uma planta. Um bom motivo, talvez, sim, é um bom motivo, sim, sem dúvida. Roubei uma planta!

Corre corre corre. Ninguém atrás de mim, ufa. Eles nem viram.

carros, vrum vrum vrum, bi bi bi.

Portão de casa, segurança.

Plantinha, você se chama Isabel e esse é o quintal. Juro que não sou "gratiluz", vai minha filha, ser livre na vida.

DESPEDAÇO

Osíris

Somos todos

crianças sob o sol.

A guerra

acabou. Minha perna direita esfacelada

soldado mutilado é herói? Li em uma revista

que no Egito antigo não havia heróis como

na Grécia. Heróis para os egípcios são os faraós,
ou seja, os reis

herdam

tronos, manifestam a autoridade

assim. Não quer dizer que não morressem, eles morriam
e continuavam

permanecendo.

Ao contrário dos humanos daqui

os normais.

Heróis continuam nos gibis, se perdem a perna? Quero dizer

se perco uma perna, ainda sou um herói?

escombros-lares. A guerra acabou

com tudo, não há mais nada em pé sob o sol.

aos pedaços

Perder é verbo que acontece pra

quem tem

não se perde o que não se

tem. Quem não tem, não tem, não perde.

perdi

enterraram minha perna na cova dos mortos

todos juntos e minha perna lá. Com os mortos

um pau substituiu

sem carne ossos veias músculos pau é coisa

pau-perna

Sinto a perna. Não do mesmo jeito, é claro, sinto o

fantasma no caso

perna-fantasma.

A dor é minha de mais ninguém

dor

é de quem tem.

Sarcófago do seu tamanho

[Cheiro de pólvora, barulho incessante dos gritos]

(tratratratratrá ratratratratratrá

ssshhhhhhssshhhhh

boooom)

AAAAAAAAAAAAAAAAAAAAA!

acordei no meio da noite

Não existe silêncio aqui

dentro deste sarcófago. Fosse talvez

melhor estar

morto com aqueles outros cheios de medalhas no peito

sem caixões. todas as noites

coração ainda bate quando estou desperto

não tenho coragem

de morrer mais.

tive medo dos fins, o único

medo que não restou nessa

massa-pesada-corpo.

É sorte ver o fim

da guerra. Nem sempre quis o fim

das coisas, é bom ver o da guerra.

Não há nada mais. Na verdade há, temos ruínas

as crianças brincam nos labirintos delas

não parecem abaladas. E então, todos esperaram desespera-
damente a guerra acabar. Voltamos às

ruínas, que antes chamávamos de casas

mutilados

todos em pedaços

as pessoas e os lares. Os gritos das crianças tão diferentes dos
gritos nas trincheiras.

elas se divertem

pega-pega-polícia-ladrão-esconde-esconde-pula-pula-pedra
pedra-esconde-joga-corre-grita

pedra

O céu ameaça

chover, está tudo

cinza

o céu, a suposta cidade

meu corpo.

peixes do Nilo

as crianças?

não viram a morte de frente

gritos e gritos, de crianças agora

enterram as pedras. armas inofensivas.

chegam a lugares que

não vejo. lugar de brincar. não se importam

com a guerra, destroços tocos pedras coisas.

cidades de crianças são as ruínas dos adultos.

Ísis

Minha mãe

ao longe chora. Nunca vi aquela mulher

aquele corpo

chorar. O avental sujo de sangue, saia abaixo dos joelhos,
sapatilhas, cabelos ralos presos displicentemente,

as mãos unidas no ventre

seguravam o tecido da roupa com força.

maria virgem mãe

Aquele corpo em frente

ao prédio Esburacado, chorava pela minha chegada.

voltei mãe

ouvi

aplausos

me prendo às lágrimas da mulher.

as mãos firmes dEla tatearam

meu corpo, quase com

violência. Apertava minha pele

cinza, era cinza ela toda.

a falta, tateou a falta.

    a perna, Pedro

lágrimas pulavam dos olhos

até as tetas

sem leite

Ísis e Osíris

Escadas escadas escadas porta,

tudo cinza.

Sofá, colo de mãe, choro.

Derramo

a carne em cinzas naquele sofá

riem crianças

choro de adulto

canto de mãe.

    a guerra acabou, mãe

PERDÃO AO SENHOR DEUS

Ajoelhada no chão da calçada, Janice rezava aos prantos. Pedia perdão por pecar em pensamento.

Aquelas coisas todas não paravam de passar pela sua cabeça. Coisas sujas! Aqueles movimentos desgraçados! Aquele formigamento degradante nas suas partes!

Que nojo!

Pedia escusas ao Senhor Deus, mas precisava acabar com aquilo!

Tocou-se.

Duas mãos fortes a seguravam. Janice se deu conta que chorava. Pensou em Leopoldo e com um grito, findou o ato!

Sem dúvida era Alfredo quem a segurava! Seu irmão ouviu tudo! Que vergonha!

Olhou para as mãos e para os corpos que as seguiam. Viu dois homens de branco. Eles começaram a carregá-la para dentro de um carro grande, também branco.

Desmaiou.

Acordou sem saber onde estava. Tudo branco. Tentou mover os braços, mas estava amarrada!

Gritou muito!

Uma mulher de branco lhe aplicou algo no braço. Aquilo doeu.

Adormeceu.

DESPEDIDA

Na primeira vez que me despedi de ti, procurava em mim defeitos que explicassem o despedaço de viver distante do teu corpo, das rotinas, dos cafés, do tesão, das buscas, dos embates e até do teu pai me chamar pelo nome da tua ex. Havia uma disputa edípica em que eu estava no ringue mas não sabia como bater, não era comigo. O prêmio, no entanto, estava bem na minha frente. Coisas que vi depois das outras despedidas intermináveis que ainda me assombram.

Procurava teu corpo nos objetos e até alucinei achando que encontrava mensagens tuas nas situações. E você não estava lá. Rasguei meu corpo em busca de algo que me comprovava tua existência, ao mesmo tempo que queria tua morte dentro de mim. Não consegui enterrar você ainda.

Teu corpo rígido acompanha o meu duro. Já não procuro mais te matar nesses lugares que acabo porventura te encontrando sem querer. Estás ali, latente, como um gozo bom. Ainda vivo.

Na segunda vez que me despedi de ti, eu gritei tanto pra matar tudo isso que eu carregava e não conseguia me livrar. Teu sumiço, tua ausência, meu grito, minha ilusão.

Mas nós nos encontramos, assim, sem planos como sempre foi.

Procurei de novo nas frutas, produtos do supermercado o teu nome, ou a placa do carro que acabei decorando. Carro cinza, qualquer carro cinza pode te ter dentro. Queria te matar e só conseguiria se te encontrasse.

Um pequeno rato corroía minhas veias cada vez que queria encontrar e matar ao mesmo tempo.

– "Eu te odeio agora" – mas eu amo.

Armaduras de plástico, fumaças, balelas internet a fora. Meias verdades. Essa foi a terceira vez que me despedi de ti. Pai, mãe, amém.

silêncio

"Tuas coisas estão aqui ainda, só pra lembrar".

Nunca tive nada teu. E ainda lembro o quanto dei, minha boceta, minha vida, meu corpo. Sem nada teu aqui.

Acho que agora foi a última despedida mesmo. Número #4. Chega dessa merda, eu te disse, no meio dos gritos. Minha vontade foi te agredir, só assim pra me afastar. Dói e sara.

Quero te matar sem morrer.

- editoraletramento
- editoraletramento.com.br
- editoraletramento
- company/grupoeditorialletramento
- grupoletramento
- contato@editoraletramento.com.br
- editoraletramento

- casadodireito
- editoracasadodireito.com.br
- casadodireitoed
- casadodireito@editoraletramento.com.br